4° Z
LE SENNE
2802

AF468936

REMONTRANCES

DE L'UNIVERSITÉ ET DE LA VILLE DE PARIS

A CHARLES VI

SUR LE

GOUVERNEMENT DU ROYAUME

PUBLIÉ PAR

H. MORANVILLÉ

Extrait de la *Bibliothèque de l'École des chartes*,

t. LI, 1890, p. 420-442.

PARIS

1890

REMONTRANCES

DE L'UNIVERSITÉ ET DE LA VILLE DE PARIS

A CHARLES VI

SUR LE GOUVERNEMENT DU ROYAUME.

L'histoire de l'émeute cabochienne de 1413 est un des épisodes les mieux connus de notre histoire; il existe pour le récit de ces événements deux chroniques inestimables : l'œuvre du Religieux de Saint-Denis d'abord, en second lieu celle de Monstrelet. A ces textes essentiels, il faut joindre les relations de Juvénal des Ursins, de Pierre Cochon et de Guillaume Cousinot.

Le Religieux de Saint-Denis et Monstrelet donnent même des extraits des pièces qu'ils citent; et, si jusqu'à présent on ne connaissait le contenu de quelques-unes d'entre elles que par ces deux chroniqueurs, il était néanmoins permis d'avoir quelque confiance dans leur respect pour celles auxquelles ils avaient fait des emprunts. Mais ce respect est souvent relatif et des fragments d'un texte ne suffisent pas; aussi, quelque créance que méritassent les contemporains, il ne paraîtra pas surprenant qu'on cherchât avidement le plus important de ces documents : la requête que l'Université et la ville de Paris présentèrent à Charles VI, le 13 février 1413, sur le gouvernement du royaume.

Le désordre financier, si redoutable à cette époque agitée, et l'impossibilité de faire face aux charges qui pesaient sur le Trésor obligèrent le conseil royal à demander le remède de cette situation à des États généraux. Ceux-ci se réunirent à Paris, le 30 janvier 1413, et, dès le début, il fut établi que les délibérations se feraient par province : c'est ainsi que l'Université et la ville de Paris eurent à présenter l'expression de leurs vœux collectifs;

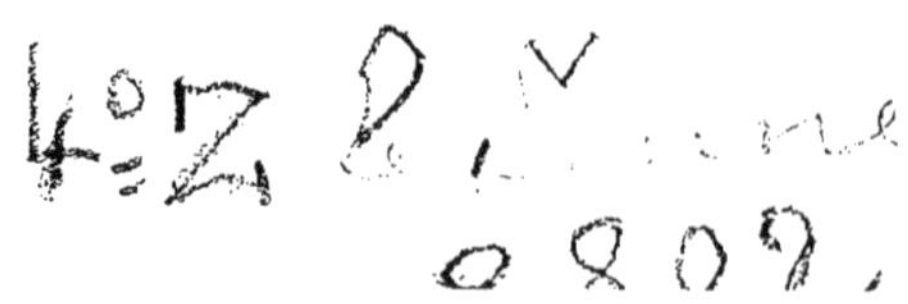

seulement, cette rédaction exigeant un long délai, les autres provinces lurent leurs doléances personnelles[1] et ce ne fut pas avant le 9 février qu'en audience royale, un orateur de l'Université, Benoît Gencien, moine à Saint-Denis, prit la parole : mais, tout en ne ménageant pas les conseils et même les reproches à la couronne, l'orateur n'osa pas aller plus loin, ni se livrer à des attaques personnelles ou à des dénonciations contre des fonctionnaires de tout ordre.

La colère des membres influents de l'Université et des bourgeois qui avaient mené l'affaire fut extrême : ils résolurent de demander une seconde audience au roi pour compléter l'exposé de leurs griefs et ils l'obtinrent. Ces fougueux réformateurs mirent à profit les quelques jours que leur laissait la date fixée (13 février) pour rédiger en un rouleau, qui devint promptement énorme, les griefs qu'ils croyaient avoir, les dénonciations qu'ils s'empressaient de faire.

Le jour de l'audience, un Carme, Eustache de Pavilly, fut chargé par l'Université d'ouvrir la séance par un discours préparatoire; puis, après avoir pris la permission du roi, le recteur de l'Université de Paris donna la parole à un jeune maître ès arts, chargé de la lecture du rôle : celle-ci ne dura pas moins d'une heure et demie, au témoignage du Religieux de Saint-Denis.

Ce document peut être considéré à juste titre comme la préface de l'Ordonnance cabochienne, rendue le 26 mai suivant. On voit donc qu'il y en a peu de plus essentiels. Son importance n'avait échappé ni au Religieux de Saint-Denis[2], ni à Monstrelet[3] : le premier en avait traduit intégralement quelques articles et résumé d'autres; le second insérait de plus longs fragments dans sa chronique. C'était tout ce qu'on connaissait[4].

On n'ignorait pas que l'Université et la ville de Paris, fières de leur honteux succès, avaient envoyé des copies de ce célèbre rouleau aux bonnes villes de France, pour créer en faveur de leurs idées un courant puissant[5]. Un au moins de ces exemplaires

1. *Bibliothèque de l'École des chartes*, année 1844-1845, t. VI, p. 281. *Rapport adressé au roi sur les doléances du clergé aux États généraux de* 1413.

2. Édition Bellaguet, t. IV, p. 746.

3. Édition Douët d'Arcq, t. II, p. 308.

4. Voyez l'ouvrage de notre confrère M. Alfred Coville, *les Cabochiens et l'ordonnance de* 1413. Paris, 1888. In-8°.

5. Il ne paraît pas, cependant, que Noyon en ait reçu un exemplaire. *Biblio-*

subsiste aujourd'hui ; je lui ai emprunté le texte qui suit. Il est conservé dans les archives des Basses-Pyrénées[1] : le commencement du rouleau fait défaut ; mais le texte qu'en donne Monstrelet a permis de combler cette lacune.

L'examen de cette pièce soulève plusieurs questions. D'abord quelle est la créance qu'il faut accorder à l'expression des griefs que l'on y formule ? Pour ma part, j'hésite à lui en accorder beaucoup, les auteurs ayant eu un intérêt évident à noircir le tableau. En tout cas, les chiffres qu'ils donnent méritent d'être discutés ; seulement c'est là une étude qui m'entraînerait bien au delà des limites qui me sont imposées.

En second lieu, il y aurait à donner quelques renseignements sur la vie des principaux personnages que dénonce, avec une si vertueuse indignation, le mémoire de l'Université et de la ville de Paris.

Enfin, il ne serait pas moins curieux de rechercher, dans l'ordre purement littéraire, si le document qui nous occupe a été l'une des premières manifestations raisonnées du mécontentement, ou bien s'il n'est que l'écho aggravé d'une irritation longtemps contenue.

J'espère être, d'ici peu, en mesure de répondre en partie à la seconde de ces questions et d'apporter un document nouveau pour la solution de la troisième.

H. MORANVILLÉ.

[A[2] nostre tres hault et tres excellent prince nostre souverain seigneur et pere. S'ensuivent les poins et les articles, lesquelz vostre tres humble et tres devote fille l'Université de Paris, vos tres humbles et obeissans subgetz le prevost des marchans, les eschevins et bourgois de vostre bonne ville ont fait, à vous bailler confort, aide et

thèque de l'École des chartes, année 1845-1846, t. VII, p. 60. *Correspondance entre le corps municipal de la ville de Paris et celui de la ville de Noyon en* 1413.

1. Ce rouleau est classé sous la cote E 61. On en conserve à la Bibliothèque nationale une copie médiocre dans la collection Doat, volume 9, fol. 203 à 225 inclus.

2. Les parties entre crochets ont été restituées à l'aide du texte que donne Monstrelet.

advis comme vous le requerez, pour le prouffit, honneur et bien de vous et pour la chose publique de vostre royaume.

I. Premierement sur le premier point touchant l'entretenement de la paix entre aucuns seigneurs de vostre sang, laquelle chose de vostre majesté royale a esté exposée, dient les devantdiz que ceulx des bonnes villes et les autres qui à present sont venus à vostre mandement ont ce beni]gnement [juré et] promise et tousjours [tendu jusques à maintenant entretenir et ce Dieu plaist entretenront. Mais il nous semble] que vous devez [mander] autres seigneurs de [vostre sang et leurs principaulx serviteurs pour] pareillement jurer et promettre et en vostre main, l'entretenement de ladicte paix comme le...... plusieurs causes : l'une pour ce que oncques mes ne la jurerent en vostre main; l'autre pour [ce que il] semble que aucuns ne la tiennent pas deuement.

II. Item et qu'il soit vray qu'il est tout [notoire] que les Anglois sont en vostre royaume et plusieurs autres gens d'armes tant de vostre royaume que [d'autres] pais quilz sont ensemble par maniere de compaignie, gastent et destruisent voz pais et subgiez dont plusieurs plaintes et clameurs sont venues et viennent de jour en jour de plusieurs parties de vostre royaume, à quoy petis remede y est mis et la cause du deffault sera declarée cy apres.

III. Item et aussi le conte d'Armignac, qui est vostre subget, n'a tenu compte, ne tient de ladicte paix, ainçoys a tousjours maintenu et fait guerre en vostre royaume, si comme on dit.

IV. Item et affin que ladicte paix soit mieulx entretenue, il semble que vous devez ordonner voz lettres royaulx, esquelles soit incorporé la [cedule de ladicte paix] adressant à voz officiers et autres que bon vous semblera, pour icelle faire publier et promulguer [et les transgresseurs punis] ainsi comme qu'il appartendra.

V. Et quant est au second point, nostre souverain seigneur, où vous demandez advis, [confort et aide, vostre tres humble] fille et voz loyaulx subgiez dessusdis, desirans de tout leur cuer [vostre bien, utilité et honneur de vostre] royaume et la continuacion et conservacion de vostre seigneurie, ont esté [plusieurs fois sur ce assemblez, et] voians le grant besoing qui est de vous exposer les faultes qui vous sont..... de vostre royaume, commancent à parler de voz finances dont vous devez soustenir et maintenir [vostre] estat et conserver vostre royaume.

VI. Et premierement sur le fait des finances de vostre demaine, lesqueles se doivent distribuer en quatre manieres : la premiere en paiement des fyez et aumosnes de la despence de vous, de la Royne et de monseigneur de Guienne, vostre aisné filz; es gaiges de voz serviteurs; es resparacions de vos pors, pons, passages, chaussées, fours, molins, chasteaulx, hostelz et edifices; et le demourant mettre à l'espargne, comme enciennement se faisoit.

VII. Item appert clerement comme lesdictes finances sont emploiées es choses dessusdictes, qui est à la charge de voz tresoriers, par lesquelz est distribuée ladicte finance. Et voit l'en souventesfoiz povres religieux et religieuses d'abaiees, hospitaulx et Maisons-Dieu, user leur temps en poursuites et mises aux degrés du tresor, sans avoir deue expedicion, par quoy leurs eglises cheent en ruyne, en demeure le service divin comme tout delessé et ou prejudice du salut des ames de voz predecesseurs et à la charge de vostre conscience.

VIII. Et premierement, quant aux fiez et aumosnes, il est vray qu'on en paie po ou neant.

IX. Item, quant à vostre despense, de la Royne et de monseigneur de Guienne, qu'ilz se... [elle est gouvernée par Pierre] de Fontenay et par Piquet, elle se paie par les maistres des chambres aux deniers [appellés Raymond] Raguier et Jehan Piet; et y est trouvé que pour la despence de vous et de monseigneur de Guienne [en lieve] tant sur le demaine comme sur les aides IIIc Lm frans et pour icelle despence [ou temps passé] on ne levoit que quatre vins quatorze mil frans et menoient lors voz predecesseurs Roys grant et noble et bel estat et estoient bien paiez les marchans de leurs denrées et autres gens. Maiz maintenant nonobstant ladicte somme de IIIc Lm franz, ne sont point paiez lesdis marchans de leursdictes denrées, et avient souventesfoiz que vostre hostel et cellui de la Royne et de monseigneur de Guienne sont rompus et par especial puis pou de temps a l'en veu l'ostel de monseigneur de Guienne estre rompu, et jeudi derrain passé, l'ostel de la Royne. Par quoy appert clerement icelle somme n'est point toute emploiée en ladicte despence, si comme on monstrera evidamment en temps et en lieu, maiz au prouffit des gouverneurs de ladicte despence ou de ceulx que bon leur semble. Et pareillement en l'ostel de la Royne, pour la despense duquel enciennement on ne levoit que XXXVIm frans, presentement on en lieve sur les aides VIIxx XIIIIm frans, nonobstant son demaine et les aides d'icellui. Et procede ladicte despence par la faulte desdis officiers quilz sont commis au gouvernement de ladicte despence, desquelles finances de la Royne [est] principal gouverneur Hemonnet Raguier, son tresorier, qui s'i est tellement gouverné que de l'argent de la Royne il a fait grans acquisicions et edifices coustageuses, comme il appert, aux champs et à la ville.

X. Item or fault savoir qu'est devenue ceste chevance, car oultre et par dessus la somme dessusdicte, l'on prent de creue une tres grant somme de deniers par forme de mandement.

XI. Item et pareillement y a grant faulte es offices de l'argenterie et de la chambre aux deniers; car par le moyen des officiers quilz tiennent lesdis offices, plusieurs grans sommes d'argent sont levées et mises en autres usages que à vostre prouffit; et sont retardées à paier plusieurs de voz debtes, les gaiges de voz officiers et plusieurs des bonnes gens de qui on prent vin et autres denrrées pour vous, ne sont point paiées et est vraysemblables ces choses à leur prouffit, comme il appert pour les grans estas qu'ilz mainent, les grans chevances qu'ilz ont et les excessis et non convenables edifices qu'ilz ont faiz et font chascun jour. Probo par maistre Hemonnet Raguier, qui a edifié chasteaux et grans maisons où il a despendu, comme l'en dit, plus de xxx^{m} frans; et aussi Charlot Poupart, argentier, et maistre Guillaume Budé, maistre desdictes garnisons, ont grandement edifﬁé, acquis rentes, pocessions et grosses chevances et fait grant oultrageuses despences, lesquelles choses n'eussent par eulx conduire des gaiges ne prouffis ordinaires de leurs offices ne aussi de la chevance qu'ilz avoient quant ilz entrerent esdiz offices.

XII. Item aussi à vostre escuisie, qui est office de bien grant recepte, y a pareillement faulte et ilz sont faictes par grosses despences quilz ne tournent pas à l'onneur ne prouffit de vous.

XIII. Item, pour ce que l'en pourroit dire que voz serviteurs pevent bien avoir largement du bien, on respond que c'est vostre chose loisible que voz bons et loiaulx serviteurs admendent de vous selon leur estat et leur office et la vaillance et souffisance de leurs personnes; car tel serviteur povez avoir quil devroit plus tost admender de vous de dix mil que plusieurs autres de cent frans. Et toutesvoies vous avez plusieurs grans et notables officiers, tant chevaliers comme conseilliers et autres d'autres notables officiers, quilz n'amendent pas de vous ades, dont plusieurs mandre de eulx amendent de fleurins; lesquelles faultes et abuz viennent par comperes et par commeres et par especial par le moien des gouverneurs dessusdis ou grant prejudice et destrucion de vostre estat.

XIV. Item, quant aux gaiges des serviteurs de vostre hostel, qu'ilz sont tres bien comptez à la chambre aux deniers; maiz du paiement d'iceulx voz diz serviteurs ne pevent savoir nouvelles, par quoy ilz ont de grans povretez et souffretes et ne sont pas si honnestement entour vous comme il appartient, par deffault qu'ilz ne sont point paiez, en grant abessement de vostre estat qui doit preceder tous les autres, comme raison est. Puet estre que aucuns qui ont port et faveur sont tres bien paiez de leursdiz gaiges.

XV. Quant aux reparacions de vosdiz fours, molins, chasteaulx, etc., generaulment tous cheent en ruyne et tout va à perdicion.

XVI. Item, quant à l'espargne dudit demaine, on n'en y treuve pour le present, ja soit ce que ou temps passé y eust espargne et par especial ou temps des Rois Philipe, Jehan et Charles, ouquel temps on se gouvernoit bien autrement que l'en ne fait pour le present.

XVII. Item, quant au fait des finances, il fault dire neccessairement que le gouvernement qui est à present et encores depuis XXVI ans ença et plus a esté mangié par plusieurs officiers qui n'ont pas eu l'ueil au bien de vous ne de la chose publique, fors seulement à leur singulier prouffit. Et pour declerer les offices de vostre royaume où il a eu deffaulte, vous exposent tres humblement vostredicte fille et vosdiz subgiez ce qui s'ensuit.

XVIII. Premierement vous avez grant nombre et excecif de tresoriers qui tousjours y ont esté depuis le temps dessusdit. Et pour la grant praticque qui est oudit office, trop de gens se sont efforciez d'y entrer, en tant qu'il n'est gaires d'années qu'ilz ne soient muez, remuez et desposez à la grant instance, opportunité (*sic*) et requeste d'aucuns qui ont eu voix en vostre royaume. Et Dieu scet pourquoy ilz y entrent si voulantiers, se ce n'est pour les groz lopins et groz morceaulx et larcins qu'ilz treuvent esdis offices; car se ung tresorier n'amende chascun an de quatre ou cinq mil frans, se n'est riens. Et combien que ou temps passé n'y en avoit que deux, toutesvoies pour la grant praticque qui y est maintenant, il en y a quatre ou cinq, et telle fois a esté qu'il en y avoit VI ou VII; et en quoy appert clerement que vous avez dommaige chascun an de XVI à XX^{m} frans pour le prouffit particulier desdiz tresoriers. Et quant est au seurplus des finances dudit tresor, ilz n'ont pas eu regard à paier les choses necessaires ne de entretenir les seremens qu'ilz font à l'entrée de leurs recepcions, maiz ont attendu à paier les dons grans et excecifs à ceulx qui les y ont boutez et soustenuz par plusieurs voies, comme par plains mandemens et par descharges couvertes qu'ilz se lievent, tant sur le fait des coffres comme sur le fait de l'espargne, mal nommée. Et quant est des autres officiers, c'est assavoir changeur et clerc, car lesdictes mauvaistiez passent par leurs mains, et ont mangié grossement et longuement, tant qu'il appert en leurs maisons et edifices, rentes, revenues et chevances.

XIX. Et sont tresoriers à present Andriet Giffart, Bureau de Dampmartin, Regnier de Bolegni et Jehan Guerin ; et le changeur est Nicolas Bonnet qui fu clerc de feu Jehan Chaux son predecesseur, changeur, et en est clerc maistre Gui Brocher ; lesquelz sont inutilez et coupables du mauvaiz gouvernement dessusdit, excepté Jehan Guerin, lequel est nouvel et n'a pas encore malvaise grace.

XX. Item et en especial est tres coulpable ledit Andriet Giffart, car ja soit que par son g........ vie, ill eust la chevance, que son pere lui avoit laissiée, perdue et degastée, comme l'en dit, [neantmoins] par le pourchas du prevost de Paris, il est parant à cause de sa femme, il [a esté fait tresorier], où il s'est fait tellement remply dudit tresor, qu'il est plain de rubiz, de diamans, [de safirs et autres] pierres, vestu et monté tres excessivement, grandement fourny de vesselle d'argent, [c'est assavoir de plats], escuelles, pos, tasses et hanaps.

XXI. Item et combien qu'il ne soit aucun besoing d'avoir tresorier sur le fait de la justice dudit [tresor], maiz a l'en acoustumé de y tenir ung clerc conseillier, toutesvoies l'en dit qu'il y a quatre conseilliers qui en portent grans gaiges à la charge dudit tresor sans cause.

XXII. Quant est pour le gouvernement des aides, sont ordonnez officiers quilz s'appelent generaulx, par l'ordonnance desquelz passe toute la finance des aides ordonnez pour la guerre, qui monte à xii^{cm} frans, par gens......... et se les tresoriers dessusdis se sont gouvernez et gouvernent mauvaisement, pareillement et pis encores se sont gouvernez et gouvernent les generaulx dessusdis. Car premierement ilz sont introduis par inportunité et puissance d'amis, ausquelz et à yceulx generaulx font expedier les grans dons excessis qui par inportunité ilz ont obtenu de vous.

XXIII. Item et les prouffis que prennent lesdis generaulx quant ilz entrent communement esdis offices se montent par an à iii^{m} frans pour chascun et se ung general [reste] deux ans oudit office, ne faul-dra point par don ou descharge couverte à acquerir dix mil frans ou autre grant somme, dont les descharges sont maintesfoiz levées ou nom des seigneurs sans leur sceu ; et les particularitez des faulx seront trouvées expres quilz furent faiz par l'informacion derrenierement faicte.

XXIV. Item apres lesdiz offices vient ung office qui s'appelle l'espargne, mal nommée, laquelle tient Anthoine des Essars, à cause de laquelle on lieve desdis aides la somme de vi$^{xx m}$ frans de ordinaire, ou environ, du plus cler que vous aiez esdis aides. Et combien que anciennement ladicte finance fust y reservée et mise en espargne soubz deux clefs dont vous devez avoir l'une, pour pourveoir et secourir au besoing de vous et de vostre royaume, neantmoins ceulx qui en ont le gouvernement et ont eu le temps passé, l'ont par telle maniere distribué que il n'i a croix, ne ne soit on qu'il en soit mieulx à homme du monde, sinon à aucuns quilz l'ont sustrait de vostre main par le consentement de ceulx quilz lesdis offices ont gouvernées, lesquelz n'ont pas mise quant les autres paissoient, mais en ont mené et menent estas tres excessis ou prejudice et deshonneur de vous et de la chose publique.

XXV. Item et avecques ce a ledit Anthoine la garde de voz livres et joiaulx et dit on que en ce il y a tres petit gouvernement et aussi en ce qui est de jour en jour acheté pour vostre corps par la coulpe dudit Anthoine.

XXVI. Item apres cest office vient ung autre office qui s'appelle la garde des coffres, que tient et occupe Morise de Ruilly, et reçoit ledit officier tous les jours pour ordinaire dix escus, lesquelz se doivent bailler à vous manuelment pour faire vostre bon plaisir; maiz il n'y a croix, car il le distribue pour la plus grant partie haultement à son plaisir; et soubz l'ombre dudit office ont eté disipées et sont encores de jour en jour tres grosse somme de deniers, dont l'en vous parlera plus à plain en temps et en lieu.

XXVII. Item et pour savoir comment vous, la Royne et monseigneur de Guienne ont esté soustillement pillez et mangiez : c'est assavoir que quant vous avez afaire de prompte finance, soit à cause de vostre guerre ou autrement pour voz grandes besoingnes et afaires, il faut parler à certaines gens à Paris quilz sont marchans d'argent, lesquelz par usures, contraux ilicites, tiennent et font la finance, comme à baillier vesselles, joiaulx d'or et d'argent, à grandes, grosses et cleres pertes, et tant que se qu'il ne vault que dix mil frans vous coute xv ou xvi^{m} frans, et tant en fault faire de telles finances par an que vous y perdez bien iii^{cm} frans, comprins en ce les usures quilz se font par changes fins. Et par la maniere que l'en y tient on puet juger clerement que aucuns de vos officiers sont participans et compaignons commis desdictes usures et contraux ilicites. Et par ainsi vous n'avez croix et sont voz povres officiers de reste obligés et tempestez et pareillement sont gouvernez les autres seigneurs de vostre sang sans nul exception.

XXVIII. Item est assavoir comme soustillement et mauvaisement les generaulx voz officiers soit mes....... vous deçoyvent et gouvernent; car se ung receveur vous aura presté oultre et pardessus sa recepte cinq ou VIc escus, affin qu'il ne puisse paier sur sa recepte, il sera suspendu de son office par lesdis generaulx et en yra ung, commis par eulx, lequel recevra tout le plus cler de la recepte. Et quant il n'y aura que recevoir ou pou ou neant, ledit receveur sera restably par aussi et tel condicion qu'i s'obligera aux marchans d'argent dessus nommez en une grande somme d'argent; et par ce ne puet ledit receveur estre paié de ce que on lui doit, ne aussi paier ce qu'il doit. Et font ainsi chevaucher années sur autres, et tellement tous consumés vostre chevance demi an ainçois que le terme soit venu, et mangez vos vignes et verjus.

XXIX. Item et quant on a affaire une ambassade ou envoier ung simple chevaucheur de par vous, ilz ne pevent estre expediez par deffaulte d'argent : et quant se vient au derrenier, fault emprunter l'argent à usure. Avient souventesfois que par deffaulte de expedicion les embassades sont inutilles, dont plusieurs inconveniens vous en viennent bien souvent, et y avez tres grant dommaiges.

XXX. Item est besoing que vous saichez qu'est devenu l'argent de vostre royaume depuis deux ou trois ans, oultre et par dessus le demaine et les subssides, ouquel temps ont esté levées plusieurs tailles, disiesmes, empruns, surempruns particuliers et nottoires, *recuperetur, nimis habuit*, reformacions, constitucions et plusieurs autres manieres de chevances avoir. Desquelz empruns, tailles et autres choses c'est meslé pour la greigneur partie le prevost de Paris, comme il est vray et nottoire, et c'est fait appeler souverain maistre et general gouverneur des finances.

XXXI. Item et n'est pas mettre en oubly comment aucuns grans officiers, comme ledit prevost de Paris et autres, qui legierement ont obtenu plusieurs grans offices ensemble et en grant nombre les ont venduz, et receups grans deniers, mis l'argent en leurs sacs en vostre prejudice et de voz ordonnances royaulx et aussi de la chose publique, de quoy s'ensuit souventesfoiz que gens inutilles, non saichant le chetif gouvernement, sont instituez esdis offices.

XXXII. Item et nagaires ledit prevost qui derrenierement est, depuis po de temps, tenoit l'office de souverain maistre et general refformateur des eaues et forests de vostre royaume, a resiné ledit office au seigneur d'Ivry et pour ceste cause sont levées les charges pour VIm frans ou nom dudit seigneur d'Ivry, comme l'en dit; maiz toutesvoies l'argent se lieve au prouffit dudit prevost et aussi ladicte resinacion vous couste VI^{m} frans. Item on dit que avecques ladicte prevosté il tient les cappitaineries de Thileboot dont il a VI^{m} frans par an, de Montargis dont il a II^{m} frans, de Nemoux dont il a aussi deux mil frans.

XXXIII. Item vosdictes finances sont perdues et gastées par une autre maniere. Car tres grant nombre de recepveurs, greneticrs, conteroleurs et leurs clers et aussi certains autres poursuivans finances, que l'en appelle poursuivans les generaulx, etant ce les clercs et serviteurs desdis gouverneurs de finances, ont obtenu de vous chascun an, comme se feust leur rente, lettres de grans dons et excessis, oultre les dons que ont voz autres officiers. Et sera trouvé que par le moien dudit prevost et autres gouverneurs desdictes finances ilz en ont esté et sont tres bien paiez ou grant enervement de vosdictes finances et prejudice de voz besoingnes et affaires, ou retardement du paiement de plusieurs bons preudommes, tant chevaliers, conseilliers, comme autres voz officiers et autres voz subgez quilz vous ont bien servy. Et voit on communement que quant ung jeune homme vient en service d'un general, d'un tresorier, d'un recepveur ou grenetier, ja soit ce qu'il soit de tres petit estat et sans science, en bien peu de temps il devient riche et maine ung grant et excessif estat en plusieurs manieres, achete offices, heritages, tres grosses sommes de deniers et tout à voz despens.

XXXIV. Item par les tresoriers de vos guerres ont esté commises plusieurs grans fraudes ou fait de vos finances, comme l'en dit, et ont une maniere de prendre de vos chevaliers et escuiers blans seellez, desquelz ils ont tres mal usé, comme scevent lesdiz chevaliers quilz vous en sauront mieulx informer que nous ne sarions : et est grant meschief d'oir les plaintes desdis chevaliers et escuiers sur le fait des paiemens, qui tousjours a esté en si petit envers les plusieurs et la plus grant partie de trop desdis chevaliers et escuiers. Car maintenant c'est chose inreguliere à gens d'armes quant ilz vivent sur le pueple sans paier, de dire qu'ilz ne sont point paiez de leurs gaiges, et fault qu'ils se vivent en bons servant.

XXXV. Item et pour ce que lesdis generaulx et le souverain maistre des finances et les autres dessusdis, tantost que l'en les vouldra poindre des choses dessusdictes, pour eschever et passer temps, cuidant vous contempter, respondront qu'ilz sont tous prests de monstrer leurs estas ainsi comme se feust rapporté suffisance ; et desja ilz sont venuz en demandant et requerant que on leur baille commissaires quilz voient leur estat, maiz soubz leur correpcion ceste responce de papier ne souffist pas, ainçois qui bien et deuement vouldra savoir qui a mangié le lart, fault enquerir quelles chevances ilz avoient ou povoient avoir quant ilz vindrent en vostre service, quelz gaiges leur appartient à cause de leurs offices et combien raisonnablement ilz pevent despendre à cause de leursdis offices et la chevance que de present ilz ont, les grandes revenues et possessions qu'ilz ont acquises, les grans ediffices qu'ilz font faire, les grans tresors qu'ilz ont en leurs coffres, les grans mariages qu'ilz font chascun jour de leurs filles et autres parens et parentes à voz despens, la grant et oultrageuse despense qu'ilz font en leurs ponpaux estas. Et par ainsi povez clerement juger, veu qu'ilz ne se doivent mesler ne empescher fors à vostre service à la cause desdis offices, que ceste chevance n'est point convertie à vostre prouffit, pour quoy semblera raisonnablement que plus tost devroit on recevoir sur eulx ceste chevance, qui appartient à vous, que sur autres personnes.

XXXVI. Item soit notté au gouvernement des generaulx qu'il y a grant foison notaires, lesquelz quant ilz entrerent esdis offices estoient povres, maiz maintenant ont acheté les maisons des grans seigneurs de ce royaume et grans rentes et revenues, comme maistre Jehan Chastenier, maistre Jehan Luce et maistre Nicaise Bougis. Et à dire verité, chascun vostre loyal subget se doit bien esmerveiller de tel gouvernement et en doit bien douloir le cuer, quant on vous voit, sire, qui estes nommé Roy et prince souverain, desnué de finance, ainsi pilliez et destruiz comme dit est et que toutes finances chieent en bourse trouée au regard de vous, et les gouverneurs dessusdis, et tant du temps passé comme du temps present, sont riches, plains et garniz et vous mettent et laissent en ceste [neccessité], non aians aucune compassion de vous ne de la chose publique de vostre royaume, [monstrant] grant iniquité et petite recongnoissance qu'ilz ont des biens que leur [avez donnés].

XXXVII. Item et pour ce que cy dessus on a parlé d'estas, il semble à vostredicte fille et vozdiz [subgés que] generaument en ce royaume sont envers toutes manieres de gens les estas trop oultrageux et les despenses, tant de vestures, de saintures de Bahaigne, de monteures, d'abillemens, de chevaux, comme de despense de bouche, trop excessives et est trop fort à doubter que pour les inconveniens qui en viennent chascun jour, Dieu ne s'en courrouce à la desolacion de ce royaume qui bien briefment n'y pour.....[1].

1. Le copiste s'est arrêté au milieu du mot; il doit en outre en manquer un.

XXXVIII. Item, quant à vostre grant conseil, il n'y a pas telle ordre tenue comme il appartendroit; car presques ung chascun y est receu et toutesvoies il n'y doit avoir que bons preudes hommes, de sages gens, tant clers comme chevaliers en compettent nombre, sans grant multitude, prenans gaiges de vous et non de quelque autre seigneur, aiant l'ueil à vostre bien et honneur, à la conservacion de vostre couronne, seigneurie et l'utilité de vostre royaume. Et advient souventesfoiz que pour la grant multitude qui y est et les requestes que l'en vous y fait, voz besoingnes sont empeschiées. Et quant une bonne conclusion y est prinse, comme il advient bien souvent, elle demeure sans execution, ja soit qu'elle vous touche souverainement; laquelle faulte vient tant par ceulx des finances, pour ce qu'ilz reculent à bailler l'argent neccesaire pour ladicte execucion faire, comme il appartient, comme par aucuns autres quilz n'ont pas bien le cuer à voz besoingnes. Et aussi l'en devroit expedier ambassadeurs tant estrangiers comme autres bien tost et convenablement, sans les faire longuement muser. Et quant une bonne conclusion est prinse par maniere de deliberacion de conseil, on ne la doit pas rompre à part par pou de gens, comme l'en voit bien souvent faire.

XXXIX. Item et c'est tres grant inconvenient de oir tant de plaintes comme l'en fait presentement sur la longue delivrance que fait vostre conseil des besongnes regardans la fermeté de vostre royaume, mesmement que l'on voit presentement le seigneur de Montberon, le viconte de Murat et ceulx de la Rochelle plaintifs et desconfortez par leurs paroles de ce que vostredit conseil ne leur fait provision souffisante et ce qu'ilz pourchassent pour la conservacion de vous et de vostre royaume. Et dient les aucuns que se autre provision ne leur est faicte, il leur fault neccesserement prendre party ou estre en paastis de voz adversaires, dont vous estes en voie de perdre grant nombre de vassaulx et forteresses. Et ne desplaise à ceulx de vostre conseil : car supposé qu'ilz ne feussent assemblez ne appellez pour ces causes, silz en devroient ilz parler en particulier, procurer et pourchasser les bons remedes quilz sont affaires sur teles matieres qui tant touchent le bien de vous et de vostre royaume; et en tant qu'ilz sont trouvez en telle negligence que on puet bien appeler coulpe, on ne voit point de raison qui face pour leur excusacion, ainçois fault dire que en eulx ou aucuns d'eulx gist ladicte faulte.

XL. Item, quant au fait de la justice de vostre royaume, et premierement au regard de vostre court de Parlement, qui est la souveraine court cappital de la justice de vostre royaume, elle n'est pas ainsi gouvernée comme elle souloit. Car on y souloit mettre par excellance grans clercs et notables preudes hommes de meur aage et experimentez en droit et justice. Et pour le grant non d'icelle et la bonne equité qu'elle gardoit sans faveur de quelconque personne, non pas seulement les estranges nacions de la Chrestienté, maiz aucunesfoiz les Sarazins, comme l'en dit, y ont prins jugement; et depuis aucun temps par faveur de amis et de parens, par importunité de prieres et autrement, aucunes jeunes gens ygnorans le fait de la justice et indignes de si hault siege y ont esté mis, dont l'auctorité et renommée de ladicte court a bien amendrie. Et aussi y a autres inconveniens, c'est assavoir que en ladicte court plusieurs quilz sont filz, freres, cousins, nepveux, gendres et affins ensemble; et y a tel que ainsi en lignage et en paranté est lui IXe, comme le premier presidant, et toutesvoies dix de ladicte court pevent faire ung arrest. Et par multiplicacion de parentelle et afinité de tel nombre de jeunes gens comme il y a, se pourroient ensuir plusieurs grans perilz et inconveniens.

XLI. Item en ladicte court sont plusieurs causes de povres gens et autres comme inmorteles, et ne font pas les gens de Parlement telle expedicion comme par raison ilz devroient faire.

XLII. Item et quant est de la Chambre des comptes, là seront trouvez tous les meschiefs, car ilz y sont enseveliz; et combien que depuis peu de temps on y ait miz aucuns nouveaulx, toutesvoies l'en en aperçoit gaires que aucune reparacion y ait esté faicte. Entre lesquelz nouveaulx on y a mis par grant inportunité Alixandre le Bourcier, qui a esté par longues années receveur general des aides et qui n'a pas cloz tous ses comptes, si comme on dit. Et par ainsi vouz y povez estre moult grandement fraudé en vostre tres grant donmaige : car cellui qui doit estre refformé, on le met pour reformer les autres.

XLIII. Item et pour mieulx faire sa besoingne à pratique, que Jehan Gautier, qui estoit son clerc, ait esté mis oudit office de ladicte recepte generalle.

XLIV. Item et combien que par les ordonnances royaulx, par les seremens que l'en fait faire aux receveur, vicontes, tresoriers et autres officiers du demaine, les fiefz et aumosnes doivent estre paiez avant tous autres; neantmoins par la dissimulacion et tollerance desdictes gens des comptes, ladicte ordonnance est tres souvent enfrainte, si comme l'en dit.

XLV. Item, quant au fait de l'estat des generaulx de la justice, il semble que telles multiplicacions d'officiers pour le fait des aides sont inutilles et en dispensacion de la chevance du royaume et à la charge du pueple. Car en ce royaume a tres grant multitude de esleuz et de sergens soubz lesdiz esleuz, lesquelz esleuz recevent, tant de gaiges que de dons, grant chevance du Roy : et de quoy en ce puet tres bien passer.

XLVI. Item et pareillement comme l'en parle des autres officiers qui se sont mis sans nombre et par importunité de amis, ainsi fault parler des generaulx de la justice. Car eu temps du roy Charles n'y avoit que ung ou deux, tant sur le fait de la finance comme de la justice; et pour le present, sur la justice y en a sept, tous ou prejudice du Roy et de la chose publique, dont chascun prent six cens livres parisis de gaiges, et trois conseilliers dont chascun prent cent livres, sans les greffiers. Dont le derrenier general qui a esté mis puis pou de temps, appellé Jaquet le Hongre, inexpert totalement d'office de judicature, a esté mis et institué par le prevost de Paris, disant aux autres generaulx : « Messeigneurs, il fault que vous m'y faciez ung passer, car il est mon cousin. »

XLVII. Item et qui vouldra parler des maistres des requestes de l'ostel du Roy et es autres offices de judicature, qui tous souloient estre faiz par grant deliberacion, Dieu soit comme il y a à dire! Car ou temps passé on mettoit gens anciens et expers, congnoissans les coustumes de ce royaume et saichans respondre à toutes supplicacions et requestes qui estoient baillées, les signoient, et ce fait, estoient expediées à la chancelerie. Et maintenant, on y met jeunes hommes non expers, non saichans, et qui riens ne expedient, sinon par la voix du chancellier; et à cause de ce est avenu c'on y a mis plusieurs extraordinaires pour suppleer leurs negligences, aians grans dons ou prejudice de vous, sire.

XLVIII. Item et quant au fait de la chancelerie, on scet trop bien que le chancelier de France a eu de moult grans peines oudit office, et qu'il est bien digne d'avoir de grans prouffiz de vous, sans prejudice toutesvoies de la chose publique. Maiz combien que pour ses gaiges ordinaires il ne deust avoir que II^{m} livres parisis, et pour ladicte somme se deust contenter; neantmoins depuis vint ans ençà ou environ il a prins, oultre lesdictes deux mil livres, chascun an autres deux mil livres parisis, par maniere de provision ou gaiges extraordinaires, et oultre ce deux mil frans de don chascun an sur l'emolument du seel; et par ainsi a pris chascun an oultre ses gaiges ordinaires de II^{m} livres parisis, IIII^{m} et V^{c} frans sur ledit seel.

XLIX. Item et oultre se prent le registre des chartres et remissions qui monte sur chascune xx sols tournois; et se monte par an à tres grosse somme d'argent. Item a pris oultre les choses dessusdictes II^{m} frans de dons sur les aides aians cours pour le fait de la guerre. Item a pris et prent tous les ans deux cens frans pour ses robes. Item a pris et prent chascun an sur le tresor, pour sa chevalerie, de v à VI^{c} livres parisis. Item oultre les choses dessusdictes, sur les tailles imposées depuis le temps dessusdit a eu plusieurs grans dons qu'ilz se pevent estimer à moult grant somme de deniers.

L. Item a legierement passé les lettres de dons excessis sans faire grant resistance qui appartenoit au bien de la chose publique, ausquelles choses il devoit resister de tout son povoir, attendu l'office qu'il a; et en seront trouvez les particularités par les comptes de Michiel du Sablon, Alixandre le Bourcier et autres, qui ne se sont pas fains de mouler leurs souppes.

LI. Item et pour plus declairer l'article precedent, sera trouvé, qui vouldra visiter les comptes de Michiel du Sablon et de Alixandre le Bourcier et d'autres receveurs generaulx, V^{cm} frans ou environ de dons particulliers; desquelz dons ledit chancelier a seellé les lettres, nonobstant qu'il sceust bien que ladicte finance estoit ordonnée pour le fait de la guerre et non pas pour tel usaige : de quoy s'ensuit grant donmaige au Roy et à son royaume.

LII. Item en ladicte chancellerie vient tres grant esmolument d'argent à cause du seel; lequel esmolument monte à tres grant somme de deniers, et sont gouvernées les finances dudit seel par maistre Hanry Mauloe, audiencier, et maistre Jehan Budé, conterouleur de ladicte chancellerie; et sur le droit du Roy prennent doubles gaiges, c'est assavoir de nottaire et de secretaire; sans leurs bourses prennent aussi dons et pensions excessivement, tellement est la finance de ladicte chancellerie gouvernée que bien peu de prouffit en vient à vous, ja soit ce que l'emolument dudit seel soit moult grant. Et quant est du droit des nottaires, ja soit ce qu'ilz prennent aucuns avecques eulx telz que bon leur semble pour distribuer tous les mois à chascun ses bourses, neantmoins ilz en font ce que bon leur semble et comment ilz se gouvernent il sera declaré plus au long quant besoing sera.

LIII. Item en ladicte chancellerie y a plusieurs nottaires qui tres negligemment servent en icelle, et si en a plusieurs qui n'y scevent servir ne en françois ne en latin : et neantmoins ilz prennent gaiges, bourses et prouffiz, lesquelz ilz ont achetez et pour plus admender du Roy par dons ou autrement, que pour le bien de vous ne de justice.

LIV. Item et est venu clameur à vostredicte fille et voz diz subgiez, tant de la ville du Puy et de plusieurs marches d'environ comme d'autres contrée, que plusieurs de vos officiers de ce royaume se portent tres negligemment sur l'exercice de leurs offices, et ne soutiennent pas comme il appartient les loiaux subgiez du Roy, dont les aucuns desdis officiers y sont remis contre vostre edite et ordonnance fait sur la restitucion des offices.

LV. Item et aussi treuve l'en plusieurs des officiers de vostre royaume quilz tiennent plusieurs offices incompatibles avec vos ordonnances royaulx, et les font deservir par procureur qui par diverses et exquises manieres [extraient les finances] de voz povres subgiez.

LVI. Item et n'est pas à oublier comme depuis aucun temps ença, vostre monnoie est grandement [diminuée] en pois et en aloy, tant que ung escu est de mandre valleur deux solz qui ne souloit, et.....[1] de mandre valeur chascune piece d'un denier et maille ou environ, qui est en la fraude et [prejudice de vous] et de tout le peuple; car quant ung homme a vendu pour cent escus de denrées et..... nouveaulx, il se treuve de ce de douze frans pour cent; ainsi ce royaume est .... toute bonne monnoie; car les changeurs et les Lombars cueillent tout le bon or et la b[onne monnoie], et font leur paiement en monnoie nouvelle. Et fault savoir par quel pourchas ceste monnoie est ainsi diminuée; combien que la commune renommée est que c'est par le pourchas du prevost des marchans et Michault Lailler, lesquelz ont attrait à eulx la congnoissance des monnoies et empeschié les autres maistres des monnoies que plus ne s'en meslent.

LVII. Item et supposé que ceulx dont dessus est faicte mencion vous facent aucun prouffit d'aucune somme pour occasion de ladicte diminucion, toutesfoiz se ne pourroit aucunement acomparagier à la grant perte et dommaige que vous et le royaume y avez, comme appert plus clerement par gens en ce congnoissans sera declairé.

LVIII. Item, combien que vostredicte fille et vozdiz subgiez vous aient exposé en brief plusieurs abus, faultes et coulpes des dessusdis, toutesfoiz encore ne souffist il pas; car plusieurs jours ne souffisent pas à vous exposer les mauvaiz gouvernement des dessusdiz et de leurs semblables, et les faultes qu'ilz ont faictes contre vous en vostre grant prejudice et dommaige; et pour ce que plusieurs autres personnes en bien grant nombre sont coulpables des choses dessus-

1. Le rouleau est écorné à cet endroit.

dictes, lesquelles personnes et certaines autres choses on desclerra à vous, à monseigneur de Guienne vostre aisné filz et à noz autres seigneurs de vostre sang quant besoing sera, vostredicte fille et vozdiz subgiez surceront à tant pour le present, en esperance de vous exposer plus au loing ce qui demeure, en temps et en lieu, pour le bien de vous et de vostre royaume.

LIX. Item, pour venir, nostre tres redoubté et souverain seigneur, aux advis, confort et aide que vous avez requis de voz plus nobles et bourgois que vous avez presentement mandez, vostre dicte fille et vozdiz subgiez vouldroient bien qu'il pleust à Dieu qu'i leur feist grace de vous saigement conseiller et adviser, grandement conforter et virtueusement aidier; car à ce faire sont prests et appareillez de mettre et exposer leur estat et leur vie de tres bon cuer et loyale voulanté, comme ilz doivent faire à leur souverain et seul seigneur, et pour riens du monde ne laisseront que ainsi ne le facent; et ainsi l'ont conclu derrenierement tres solemnelment en leur generale congregacion; car ilz se repputent estre moult tenuz et obligiez à vostre royal magesté, tant de naturelle et legale obligacion comme pour les innumerables biens et honneurs que vous leur avez faiz. Premierement pour vous adviser et affin qu'il vous plaise remedier aux choses dessusdictes, semble que pour avoir promptement tres grande, bonne et juste finance, et plus tost que par quelconque autre voie, est tres neccessaire et expediant, et autrement la chose ne se puet bonnement faire, que des maintenant vous clouez la main ausdis gouverneurs desdictes finances sans nul espargner ne excepter, et qu'ilz soient mis hors de tous poins de leurs offices; et avecques ce que tous leurs biens meubles et heritages soient pris et mis en vostre main et que vous soiez seur de leurs personnes jusques à ce qu'ilz aient rendu compte et reliqua de leur administracion et gouvernement; et vous leur ferez, se Dieu plaist, se qu'il appartendra selon raison et justice.

LX. Item et est neccessaire et expediant que, des maintenant, vous cassez et adnulez tous dons, assignacions et pencions extraordinaires, et que incontinant vous mandez venir par devers vous tous receveurs et vicontes, tant du demaine comme des aides, et aussi les grenetiers, en leur deffendant des maintenant, sur peine de privacion et confiscacion et de toutes autres peines, qu'ilz apportent par devers vous tout l'argent qui pourront finer et que par quelconque assignacion, mandement ou autrement, ilz ne baillent denier à quelconque personne que ce soit, fors à ceulx que vous ordonnerez de nouvel, et aussi qu'ilz apportent leurs estas et toutes choses dont ilz se vouldront aidier; et que quant ilz seront venuz, qu'ilz ne parlent, sur les peines dessusdictes, à aucuns desdis gouverneurs ne à leur favorisans ou aidans.

LXI. Item et pour avoir oultre prompte finance, est expedient et neccessaire que veu que voz aidez furent ordonnez et accordées pour le fait de la guerre et deffense de vostre royaume, et non à autres usages, vous des maintenant rappellez devers vous et mettez en vostre main tous les aides de vostre royaume, laquelle chose vous povez et devez faire, attendu qu'ilz sont vostres et qu'ilz ne doivent estre emploiez ne convertiz ailleurs que en ladicte deffense, se le cas ne le requeroit. Et consideré que vous en avez tres grant besoing comme il appert clerement, quelconque personne n'en devroit estre mal contente; et sur ce vous plaise avoir en memoire le grant gouvernement du bon roy Charles, vostre pere, dont Dieux ait l'ame, qui si notablement emploia lesdis aides en son temps, qu'il chassa hors de son royaume les Angloiz ses annemis, recouvra honnorablement les forteresses qui estoient hors de sa main, ediffia moult grandement, et estoient ses gens et officiers tres bien paiez et contentez et aussi laissa grant chevance, tresor et beaulx joiaulx.

LXII. Item et se les choses dessusdictes ne souffisoient pour vous aidier, semble que consideré que vous avez du vostre en plusieurs et divers lieux, lequel vous povez prendre, car il vient de vous, comme sur plusieurs personnes qui vous seront nommées jusques au nombre de mil et v^c ou environ qui sont riches, garnis et puissans et qui pevent et doivent supporter les povres qui sont maintenant desolez, comme vous savez, desquelz il n'y a cellui quil ne vous puisse, sans grevance, prester l'un parmi l'autre c frans, qui monteroient en somme toute CL^m frans, ausquelz seroit faicte restitucion par certaine maniere que l'en pourroit bien adviser.

LXIII. Item que pour recevoir toutes les finances, tant du demaine des aides comme par les manieres dessusdictes, seroit expedient que jusques à ce que autrement il seroit pourveu, feussent ordonnez en petit nombre certaines nottables et loyalles personnes doubtans et amans Dieu et vous, non suspecz d'avarice, d'ambicion ou de convoitie, et quilz ne se soient meslés des abuz dessusdis, lesquelz avoient gaiges moderez sans aucuns dons, ausquelz seroient apportées toutes lesdictes finances et distribuées par eulx et non autres; c'est assavoir : une partie pour vostre estat et cellui de la Royne et de monseigneur de Guienne, ainsi qu'il appartient bien et que bon vous sembleroit, non pas par mandemens, assignacions ou descharges, comme l'en a acoustumé, maiz tout content; afin qu'il n'y ait pas tant de mangeurs et que vous en aiez plus largement; — l'autre partie pour paier les gaiges de voz serviteurs et aussi fiefz et aumosnes et mettre en repparacions de voz maisons; — l'autre pour la guerre et deffense de vostre royaume et ce que bon vous sembleroit pour vostre espargne bien gardée, et pour les autres bons plaisir, ainsi comme bon vous sembleroit.

LXIV. Item et que ausdictes personnes ainsi esleuz seront tenuz lesdis receveurs et vicontes mandés comme dessus de monstrer leur vray estat.

LXV. Item soit requis que les escroes de la despense ordinaire des hostelz de la Royne et de monseigneur de Guienne soient diligement veues et visitées; et par ce l'en congnoistra et verra clerement que monte et puet valoir par chascun an ladicte despence d'iceulx hostelz, laquelle ne monte pas tant de II^cm frans ou au moins d'une tres grant somme d'argent, que les gouverneurs et aians administracions d'icelle despence lievent, tant sur les aides comme sur le demaine. Et est ladicte somme de II^cm frans, ou telle que ainsi que dit est, levée et convertie es dons desdis gouverneurs et administrateurs et de leurs amis et alliez et en autres manieres sustillement et malicieusement exquises.

LXVI. Item, quant au regart de la court de Parlement, est besoing que ceulx qui sont trouvez non souffisans d'occuper si hault siege en soient ostez et en leurs lieux soient mis notables, souffisantes et bonnes personnes, comme l'auctorité de ladicte court le requiert, et qu'il n'y ait pas gens ainsi consederez comme dit est; et quant à ce soient tenues les ordonnances et statuz anciens.

LXVII. Quant est des generaulx des finances, de la justice, des tresoriers et des greffiers et clers d'iceulx, il soit pourveu notablement et reducion faicte selon le nombre et les gaiges anciens.

LXVIII. Item en la Chambre des comptes pareillement, combien que en icelle y a aucuns bons preudommes tant anciens comme nouveaulx, lesquelz vous doivent advertir des faultes dessusdictes, ou autrement ilz ne feront pas leur devoir.

LXIX. Item, quant aux esleuz de vostre royaume et aussi au receveur des aides, semble que pour le bien de vous et de vostre peuple et affin que vous aiez plus de finances, les juges et receveurs ordinaires des lieux eussent la charge d'iceulx offices; et en ce vous gaignerez tres grant somme de deniers, lesquelles emportent tant en dons comme en gaiges lesdis esleuz et receveurs.

LXX. Il semble que l'en devroit eslire par bonne et vraie ellecion certains saiges et preudes hommes pour estre seul et pour le tout à voz consaulx avecques ceulx de vostre sang, afin de loyaument et hardyment sans aucune crainte ou ficcion vous conseillier et advertir sur les affaires de vous et de vostre royaume et sans ce qu'ilz eussent regart à quelconque chose que ce feust, sinon tant seulement et singulierement au bien de vous et de vostre royaume, et que en ce faisant ilz feussent gardez et soustenuz par vous et vostre bonne justice, en telle maniere que tout ce qu'ilz aviseroient et ordonneroient pour vostre bien et prouffit feust mis à execucion sans contrarieté aucune, et oultre les saremens qu'ilz ont faiz leur devroit on faire faire nouveaulx et solennelz seremens sur ce que dessus est touché.

LXXI. Item et pour pourveoir aux inconveniens qui par les prevostz fermiers viennent de jour en jour et par especial sur les povres et simples gens, il semble estre expedient de querir et adviser bonnes et souffisantes personnes à ce, preudes hommes aians gaiges raisonnables, qui de par vous aient en garde et commande lesdictes prevostez et fermes et lesquelz maintiennent et observent voz drois sans faveur ou haine de quelconque, sans grever les povres gens ne exiger sus eulx aucunes admendes indeuement exquises, et mesmement que iceulx prevostz fermiers ont accoustumé de faire de grans abuz de justice et de querir v piés en ung mouton qui n'en a que quatre. Et aussi iceulx prevostz pour occasion desdictes exaccions ont acoustumé de mettre les fermes desdictes prevostez à plus grant pris qu'elles ne doivent estre et par ainsi est justice vendue en leurs mains et par eulx lesdictes povres gens destruiz et eulx enrichis.

LXXII. Item et pour ce que lesdis inconveniens sont moult grans et en y a d'autres plusieurs quilz sont sans nombre, ausquelz, attendu le long temps qu'ilz ont duré et les grans larrecins couvertement et soubz couleurs estranges et exquises ont esté commises en vostre grant destrucion, que on y pourroit trouver en si brief temps de remedes et provisions qu'il appartendra, vostredicte fille, vosdiz subgiez sueffrent à y vacquer diligement et eulx emploier en ce de tout leur povoir, et ce qu'ilz sauront adviser pour le bien de vous et de vostre royaume, il vous rapporteront tres humblement.

LXXIII. Item vostredicte fille et vosdiz subgiez vous supplient tant humblement comme instament que pour entendre et vacquier diligement à remedier aux choses dessusdictes, pour savoir ceulx qui excessivement ont admendé de vous sans cause raisonnable, et pour iceulx corriger ainsi qu'il appartendra, il vous plaise commettre à ce aucuns des seigneurs de vostre sang, lesquelz appellez avecques eulx aucunes bonnes, loialles et souffisantes personnes qui ne soient pas des dessusnommez ne de leur condicion, maiz sanz note ou souspeçon de mauvaitié, de convoitise ou avarice, pourront par vostre [auctorité], ainsi que bon leur semblera, punir, refformer et corriger ceulx qui auront delinqué, de [quelque] auctorité qu'ilz soient, et tant les gouverneurs et mangeurs du temps passé comme [ceulx] du temps present; et les mangeurs du temps [present] seront nommez au long quant mestier sera.

LXXIV. Item qu'il vous plaise commander et ordonner aux plus nobles et bourgeois des provinces estans pardeça, [qu'ilz nomment] pareillement ceulx de leur provinces qui ont fait faulte es choses dessusdictes; car ilz doivent [mieulx] congnoistre les delinquans de leurs lieux que l'en ne fait pardeça.

LXXV. Lesquelles choses, nostre tres redoubté et souverain seigneur, vostredicte fille et voz diz subgés vous exposent tres humblement, comme ceulx qui devant toute chose mondaine desirant vostre bien, honneur et conservacion de vostre couronne et seigneurie; et le dit pas vostredicte fille pour en amender temporelement, maiz pour faire son devoir envers vous et pour dire la verité. Car chascun scet qu'elle n'a pas acoustumé d'avoir offices, prouffiz ne se mesler fors seulement de son estude et de ramentevoir ce qui est pour vostre bien et honneur quant le cas le requiert. Et combien que par plusieurs foiz elle soit venue par devers vous et vostre conseil pour vous remonstrer plusieurs desdis abus, toutesvoies aucune provision n'y a esté mise, dont vostre royaume est en si grant dangier que plus ne pourroit; et fault à ceste foiz que tous voz bons loyaulx subgez s'acquitent envers vous. Et pour aidier et conduire ceste besoingne, vostredicte fille et voz diz subgez supplient tant humblement comme instament nostre tres redoubté seigneur monseigneur le duc de Guienne, vostre aisné filz, et somment monseigneur le duc de Bourgoingne, vostre cousin, qui ja pieça commança ceste sainte poursuite et promist de la conduire jusque à finale conclusion sans espargner corps ne chevance, avecques lequel se adjoigny vostredicte fille, considerant ceste chose estre raisonnable, juste et prouffitable et neccessaire pour le bien de vous et de vostre royaume. Maiz pour les grans obsacles et empeschemens que depuis ont baillé malicieusement et soustillement ceulx qui pour lors gouvernoient les finances de vostre royaume, la chose a esté delaicé; si comme encore ceulx qui au jour d'ui gouvernent icelles finances s'efforcent par toutes manieres de l'empeschier, comme il appert. Requierent aussi vostredicte fille et vozdiz subgez messeigneurs de Nevers, de Vertus, de Charrolois, de Beviere et de Lorraine, monseigneur le connestable, les mareschaulx de France, le grant maistre d'ostel, l'amiral, le maistre des arbalaistriers et generaument la chevallerie et escuirie de vostre royaume, laquelle est instituée pour la conservacion de vostre couronne et deffense de la chose publique, voz conseilliers et aussi voz autres bons et loiaulx subgiez, que pareillement, et chascun selon son estat, se acquite loyaument envers vous. Et pour ce que aucuns des dessusdis ont dit publiquement que ce que vostre dicte fille vous expose vient par haine et rapport de pou de gens, comme de quatre ou de cinq, plaise vous savoir, nostre tres redoubté et souverain seigneur, que vostredicte fille n'a pas acoustumé de soy informer par ceste maniere en quelque maniere que ce soit; maiz a esté informé par la chose qui est toute clere et evidante et si nottoire qu'il n'y a homme de si petit entendement en ceste place qui n'aperçoive clerement le mauvaiz et desloyal gouvernement des dessusdis et de plusieurs autres leurs semblables. Et aussi lui ont esté envoiez par plusieurs preudes hommes grandes et notables personnes, qui souverainement aiment vostre bien et honneur, qui ne daigneroient riens dire contre verité, plusieurs sedules et memoires pour advertir vostredicte fille des choses dessusdictes, lesquelles ont esté meurement avisées et solempnelment concluses en la generale congregacion de vostredicte fille par plusieurs foiz assemblée pour ceste cause. Et ne gaigneront pas leurs causes par telles paroles : car pour eulx, ne pour autres quelzconques de leur condicion et voulanté, elle ne taira la verité pardevant vous, toutesfoiz que de vostre grace vous plaira icelle escouter. Et a conclud vostredicte fille à poursuir diligement et humblement sans dillacion pardevers vous la reparacion des choses dessusdictes; car autrement elle ne feroit pas son devoir ne ne s'acquiteroit loyaument envers vous.

Nogent-le-Rotrou, imprimerie DAUPELEY-GOUVERNEUR.

www.ingramcontent.com/pod-product-compliance
Ingram Content Group UK Ltd.
Pitfield, Milton Keynes, MK11 3LW, UK
UKHW020229200726
13856UKWH00004B/1672